나의 바다

김옥례 시집

나의 바다

김옥례
시집

나도 이제 소원을 풀었다

공부 못해서 서럽던 한을 이제야 풀었다. 팔십 넘어 시책이 나오다니, 이대흠 교수님 아주 대단하시다. 노인을 공경하는 마음 아주 대단하시다. 공부 못해 한이 맺힌 할매를, 시 쓰고 싶은 이 늙은 할매를 누님으로 호칭하시고,…….

시 못 써서 한이 맺힌 나는 한풀이 못하고 떠날 줄 알았더니, 어쩌다 목포공공도서관을 접하게 되어서 운 좋게 이대흠 천사 교수님을 만난 인연으로 이렇게 내 소원을 풀게 될 줄이야. 신인들 알았으랴. 정말 정말 한을 풀었네. 내 떠나기 전에 한 풀고 소원 풀었다오.

열두 살 때 야학이 있었다. 우리 마을 젊은 오빠 최광기 씨께서 시작. 11월 초부터 기억니은 배우기 시작. 아라비아 숫자 시작. 1,2,3,4를 십까지. 아야어여 스물넉 자를 목 터지도록 힘을 다해 일러주시던 중에 김씨 우리 육촌 오빠 김복남 씨가 오셔서 열심히 11월 말일 경에 시작. 12월 중순에 끝났다. 설 명절이 온다는 핑계로 부모님들이 한결같이 못 가게 해서 끝을 맺고 말았다.

2년 뒤에 음력 7월 며칠 되던 날, 꿈같은 소식이 들린다. 육촌 오빠가 목포에서 공부하시다 환경 때문에 휴학 중이라 야학을 시작한다고,……. 정말이었다. 열심을 다해 배우다 농사철이라며 못 가게 되었고, 그 후 오빠가 가끔 오셔서 우리 어매를 졸라 주신다. 옥례 머리가 비상한께, 꼭 공부 시케봅시다. 하지만 우리 어매 보내고 싶지만 일 할 손이 없는디, 저게 우리집 업둥이가 손 놓고 공부할 시간 어디 있느냐, 엄마로써 지 이름이라도 쓸 줄 알았으면 싶다만, 헐 수 있냐. 복남이 니가 보다시피 저 애가 내 눈 아니냐? 오빠, 나 정말로 학교에 가고 싶어. 글쎄다. 오빠가 몇 번을 말씀 드렸지만, 허락 못 받고 말았다. 너 혼자 시시때때로 독학 해 봐라. 오빠, 책도 없고 연필도 없는디, 어떻게 하겠는가. 오빠. 글쎄다. 그러다 세월 하 수선. 인공이 오는 바람에 오빠 떠나가시고, 엄마도 가시고, 갯뻘에다 손가락으로 1,2,3,4 써 보고, 모래강변에 써 본다. 모래에 쓴 것은 다음 날 물에 씻겨 없어지지만, 갯뻘에 깊이 파서 쓴 것은 이 년이 지나도 내가 쓴 글자 그대로 남아 있다. 바다가 공책이고 평생 닳지 않는 내 손가락 연필 된다.

결국 공부도 시도 배우도 쓰도 못한 채 한을 품고 갈 수밖에 없는 처지가 되고 말았는디, 어쩌다 이대흠 천사 교수님을 만나서 대운 터지게 되었다. 공공도서관 덕도 크지만, 백 퍼센트 이대흠 교수님 덕분에 한을 풀고 소원 풀고 가게 됐습니다. 너무 고마움을 그 어디에다 비교할 수 있으리오. 팔십 넘어 선 이 할매가 시인이 되다니! 하느님의 도움인 듯도 하고, 감사하는 마음이 저절로 일어납니다. 이대흠 교수님께서 물심양면으로 애쓰시고, 또 여러 선생님들께서 생전 보지도 못한 저를 위하여서 여러모로 후원해 주셔서 너무너무 감사합니다. 정말 감사합니다. 김옥례 이제 죽어서 한 줌의 흙이 되어도 소원 풀고 가게 돼서 내 영혼 훨훨 춤출 것입니다.

감사합니다. 이대흠 교수님과 여러 후원님들께 복을 빕니다. 기도로 복을 빌어 드립니다.

2016년 12월
한 풀고 소원 푼 김옥례 할매가

어느 늦은 가을

노란 은행 잎에 잎에 얼굴 그리고
빨간 단풍 잎에 옛추억을 적어서
넓다란 가랑잎 봉투 만들어서
꼬이곱게 닮아서 맑고 맑은 계곡물에
두둥실 띄웠네
번지수도 나는 몰라
주소도 나는 몰라
님이시여 님이시여
오늘 밤 저 달을 보며 이내 생각 하시겠네
님이시여 님이시여

김옥례

수줍은 처녀 얼굴

보름 단 밤은 빛기 처녀 얼굴 붉히 운데
거리서 풍게 오나 이좋은 꽃향기미
내기 따라 가고 가이 해당화 만 발레며
해 당 화 꽃 잎 세 외 이비 얼굴 부볐드이
해 당 화 가 닮 앞구려
이만 하 면 시 집 가 제
금 모 래 마을 찾 아 은 모 래 마을 찾 어 가 마
타 고 시 집 가 세 가 마 타 고 시 집 가 세

해 당 화 야 해 당 화 야 나 와 함 게 시 집
가 련 금 모 래 마을 찾 아 은 모 래 마을 찾 아
해 당 화 야 해 당 화 야 가 마 타 고 시 집
가 자 가 마 타 고 시 집 가 자
수 집 어 서 부 끄 러 워 나 혼 자 는 못 가 겠 다

김 옥 례

|차|례|

매미 가수들

늙은 고목 당산나무 매미들이 모였구나
맴 맴 맴 노래를 잘도 부른다
너희들 노래 모아 합창대회 나가보자
열심히 연습해서 우승까지 노려보자

그 곡 말고 다른 노래 무엇 없니?
대답 없는 너를 보니 말 안 해도 알 것 같다
이 할미가 골라 골라 노래 한 곡 알려 주마
아리랑 아리랑 아리리요 아리랑 고개로 넘어간다

다른 매민 맴매할 때 우리 매민 아리리요
합창대회 우승이요 유명인사 되겠구나
덩실덩실 얼쑤얼쑤 이 할미도 춤을 춘다

어느 늦은 가을날

노란 은행잎에 임의 얼굴 그리고
빨간 단풍잎에 옛 추억을 적어서
널따란 가랑잎을 곱게 접어
임의 얼굴
옛 추억
내 정성 모두 담아
맑고 맑은 계곡물에 두둥실 띄웠네

주소도 나는 몰라
번지도 나는 몰라
임이시여
임이시여
오늘 밤도 저 달 보며 이내 생각하십니까
오늘 밤도 저 달 보며 이내 생각하십니까

밤비

여보, 밤비가 주룩주룩
밤새도록 그칠 줄 모르고 내리네요
당신은 주룩주룩 밤비 소리 듣고 계십니까
쿨쿨 꽃잠을 자고 계시는지 궁금하네요
여보, 나 당신 만나고 오는 날은
밤비 내리 듯 내 눈에도 저렇게
그칠 줄 모르고 흘렀어요
나는요 당신이 차라리
여기가 아프다 저기가 아프다 하면
나 이렇게 울지 않겠어요
여보, 선생님들 보고
내 사랑 김옥례 왜 오지 않냐고 졸라서
오라고 해 반기든지요
내 사랑 김옥례처럼 기억 찾아보세요
이 시간도 밤비는 그칠 줄 모르네요
주룩주룩

파리

심술쟁이 파리들
흰 옷에 까만 똥 싸고
까만 옷에 흰 똥 싸고
낮잠 한숨 잘라치면
이마에 앉아 섬섬섬
손으로 휘저으면 폴짝 뛰어
코를 살금살금 후빈다
파리채로 휘두르면
천장으로 쌔앵쌔앵 도망가더니
어느새 또 내려온다
휘휘 내저으면 장롱 위로
앵앵하고 소리 지르며 올라간다
이번에 약을 뿌리고 문을 닫아둔다
한 십 분쯤 될까 문을 열어 본다
발라당 뒤집어져서 자리에서 뱅뱅 돈다
빗자루와 쓰레받기를 들고 오니
아니 벌써 간 곳 없다
방안을 쓸고 닦고 돌아서는데
어라 방 가운데 얌전히 앉았다
살짝 때려잡으려고 하자
두 손 번쩍 들고 싹싹 비는데
눈물 없이는 못 보겠네

머리를 좌우로 저으며
눈을 감았다 떴다 하며 비는데
옛날 말에 비는 장사 목 못 벤다고
안쓰러워서
안쓰러워서

아버지의 결혼

　우리 아버지는 열다섯 나이에 장가 가셨대요 키가 어찌
크셨는지 말을 타고 혼례 청에 도착하자 마을 총각들이 신
랑 손에서 사선을 빼앗으려고 모두들 힘을 썼지만, 키 큰
신랑의 손에 든 사선은 못 뺏고 신랑이 승리했다며 아버지
는 꼭 남의 이야기하신 것처럼 하셨는데요 들을수록 참 재
미있어요

아버지의 결혼 이 년 후

우리 할머니께서 어느 날 갑자기 돌아가셨는데요 생후 육 개월 된 막내아들을 두고 다시 못 올 길을 가셨어요 아버지께서는 그 어린 동생을 가진 정성으로 키우고 어머니도 힘과 정성을 다해 열심히 키운 이야기하실 때면, 눈물이 뚝뚝 나서 이야기 끝을 못 내곤 하셨어요

아버지의 장날

무덥던 여름날, 어머니께서 오늘 비가 올 성 싶네요 장에 가실라요? 하고 아버지께 물으셨다 아버지는 볼일이 많아서 가야지 하신다 그럼 오늘은 무명옷에 밀짚모자를 쓰고 가세요 아버지 으응 대강 대답하시고 어머니 보나 안 보나 살피다가 긴 모시 바지 적삼에 갓 쓰고 장에 가셨다

그런데 일을 다 보기도 전에 비가 온다 어머니 비가 많이 와 장에 가신 아버지 걱정하던 차에 아버지 마당으로 들어오신다

빗물에 홀딱 젖은 모시 두루마기를 보고 어머니 옷들이 대성통곡을 하네요 하셨다

아버지가, 옷이 더 중요해요? 사람이 더 중요해요? 하시자 어머니 말이 막혀 아무 말씀 못하셨네요

진달래

연분홍 진달래가 날 오라네
뒷동산 진달래가 날 오라네
방글 방글 미소 지며 날 오라네
벌 나비 춤춘다며 날 오라네
이 봄이 가기 전에 어서 오라네
진달래 지기 전에 어서 오라네

연분홍 진달래가 날 반기네
방글방글 미소 지며 날 반기네
파릇파릇 잎새들도 날 반기네
벌 나비도 반갑다며 춤추네

영암 비행장 시작하기 전

어느 날 아침을 급히 드시고는 밑도 끝도 없이 빨리 가자
고 하신다
누구 집 가자고 그런당가요?
뭔 말을 하면 빨리빨리 준비할 것이지 하신다
얼레 동네 말고 어디 멀리 갈랑 갑네
뭔 일인가 이상도 하네 빨리 준비하고 나와도 또 재촉하
신다
가게 셔터를 쭉 내린다
한소리 더 듣기 전에 뒤 따라간다
버스 200번을 나도 살짝 탔다

한마디 말도 없이 차창 밖만 바라본다
뭔 말 좀 하시구려 속 터져 나 죽겠소
이제야 입을 연다
어제 당신 오빠 다녀 가셨제
오메, 오메 오빠 가시다 먼 사고 났다요
사고는 뭔 사고
아이고 가슴이야 그럼 무슨 일이요
저기 무안 어디에 산을 판다고 해서
날더러 사두면 좋을 성 싶다고 해서
무안에서 만나자고 약속했구만
웬만하면 사두려고

얼레 그런 일을 잘 살피고 나서 사든가 말든가 하제
무슨 수염 불 끄듯이 한다요
잔소리 말고 그냥 가

그사이 무안 도착했다
오빠도 산 주인도 아직이다
여보 시간 있슨께 빨리 군청 들려서 잘 알아 봅시다
그 분 오시기 전에 빨리요 하고 계속 졸랐다
잔소리 또 잔소리 하더니
군청으로 발길을 옮긴다
그랬더니 삼림청에서 하는 말
비행기장 문제로 묶여 있는 산이라
팔 수도 살 수도 없는 일
산다 해도 이전 등기 할 수 없다 한다

사연 많은 다리미

다리미 고장난 지 이 년 지나도록 수리 한 번 하지 않고 그저 다리미 구박

어느 날은 열이 너무 세서 백 모시옷 태웠다고 구박

또 어느 날은 온도가 약해서 구김살이 펴지지 않는다고 구박

한 이틀 조용한가 싶더니 코드를 뽑았다 다시 꽂다 야단법석하며 구박

죄 없는 나, 말 못하는 나 구석진 곳에 밀어붙이고 세탁소로 달리고

그 다음날은 나를 살살 발로 밀고 와서 대강 대강 다린가 싶더니 혀를 몇 번 쩨쩨하고 톡톡 털어 입고 외출하신다

누가 묻지도 안 컨만 입은 옷을 내려다보며 혼자 말, 산지 얼마나 되었다고 고장 나 옷 모양새가 원 다리미 다시 사야지 중얼중얼하고

집에 와서 옷 벗으며 하는 말 요 놈의 다리미 확 고물상에 던져서 대장간에 끌려가 시퍼런 불망치 맛을 보여줄까보다 한다

뜻대로 하세

내일은 다리미 사러 간다. 하루 굶고 살아도 다리미 없이 못 살겠어 알뜰살뜰 아끼는 돈 삼만 원을 꺼내 들고 시장에 간다 어디로 갈까? 상가 많은 목포역 앞으로 가보자 그런데 많고 많은 상가며 전업사며 이 잡듯이 뒤져 봤지만 다리미

파는 곳은 없다 남 초등학교 부근으로 건너와서 삼학 초등
학교로 자유시장까지 돌고 돌아 봐도 다리미 파는 곳은 없
다 내일은 친구 남편에게 부탁해 볼까 보다

　저녁 준비나 하자. 번뜩 생각난다 아! 요한이네 할인마
트. 아픈 허리 아픈 다리 살살 달래가며 도착하자마자 다
리미 주세요 했다 와! 이럴 수가 입이 떡 벌어진다 대형,
중형, 소형 다리미 천국일세 저 연보라로 주라고 하자 점
원이 이만 원이라고 한다 네 주세요 다리미 받아 들고 많
이 파세요 인사하고 종종 한 7, 8미터쯤 왔을까 여기저기
서 불이 번쩍 우르르 쾅쾅하며 비가 쏟아지는데 어디로 들
어설 곳도 없다 발부리만 내려다보며 있는데 갑자기 큼직
한 손이 내 팔목을 확 잡으며 들어갑시다 한다 끌려가 듯
얼떨결에 들어서 보니 꽤 큰 마트다. 손에 든 다리미에 물
이 줄줄 문 밖에 빈 박스가 있다 다리미 박스에 넣고 양산
옆에 세우고 있는데 수건을 건네준다 머리 얼굴 닦자 의자
를 밀어준다 고맙습니다 하고 의자에 앉으며 큰길을 보며
나 혼잣말. 머리에 이고 옆에 끼고 잘도 달린다 옆에 아줌
마 들었는지 정말 박스 아줌마, 어 근데 저 큰 박스 우리
거다 깜짝 놀라 내다보니 다리미 박스가 없다 오메, 오메,
내 다리미 박스 주세요 내 다리미 주세요 큰소리 지르며
뛴다 박스 아줌마 골목길로 들어가 버렸다 틀렸어 발만 동
동 골목길을 따라서 달린다 십 분 이상 될까 말까 골목길

에서 박스 아줌마 나온다 검정 봉투 높이 들고 외친다 찾
았다 다리미 큰소리로 외친다
　원, 세상에 이렇게 다리미 고통 느끼신 분, 나와 보세요

참새

창틀에 앉은 손님
어디 갔다 오셨나
어제도 짹짹짹
오늘도 짹짹짹
갸웃갸웃 방안을 살피며
정다운 소리 짹짹짹
무슨 사연 전하려나
창문 급히 열면
창틀에 앉은 손님
그저 짹짹짹

들어오렴 문을 열면
그저 짹짹짹
내 님의 혼백인가 서러움일세
창틀에 앉은 손님 보이지 않네
방충망 굳게 닫힌 창틀에 서서
내 님의 혼백인 듯 기다려보네

짝사랑

모르리 모르리 그대 내 맘 모르리
버들가지 뒤에 숨어 그대 오길 기다리는 이 맘 모르리
모르리 모르리 그대 내 맘 모르리
물 길어 오시나 안 오시나 기다리는 이 맘 그대 모르리

모르리 모르리 그대 내 맘 모르리
두근두근 설레는 내 맘 모르리
모르리 모르리 그대 내 맘 모르리
 양 떼 몰고 가다 말고 그대 얼굴 보고파 숲에 숨은 내 맘
모르리

링을 그리네

링을 그리네 링을 그리네
싸리문 밖 옹달샘에 링을 그리네
하늘에서 내려오는 비 손님들이
동글동글 동그랗게 링을 그리네
딩동딩동 딩동딩동 링을 그리네

링을 그리네 링을 그리네
마을 앞 연못에도 링을 그리네
하늘에서 내려오는 비 손님들이
딩동딩동 노래하며 링을 그리네

개구리

우물 안에 갇혀 버린 개구리 한 마리
하늘 보며 한숨 쉬네
별 보며 기도하는 개구리 한 마리
고향 잃고 첨벙 첨벙 개구리 한 마리

이리 풍덩 저리 풍덩 개굴 개굴
동네 꼬마 모두 모여 손뼉 치며 놀리네
우물 속에 갇혀 버린 개구리
뽈록 나온 두 눈이 껌벅 껌벅
이리 풍덩 저리 풍덩 도망갈 곳 없어라
어떤 아이 던졌나
개구리 판자 쪽 나룻배에 폴짝 뛰어 앉았다

백사장

금모래 은모래 반짝이는 백사장에
보름달 밝은 빛에 처녀 얼굴 붉히는데
어디서 풍겨오나 이 좋은 꽃향기
향기 따라가니
해당화 한 송이일세
해당화 꽃잎에 이내 입술 맞췄더니
못난 얼굴 해당화 닮았구려
가고 지고 가고 지고 이만하면 가고 지고
가마 타고 시집가세
금모래 마을 찾아 가마 타고 시집가세
은모래 마을 찾아 가마 타고 시집가세
해당화야 해당화야
나와 함께 시집가련

구름

구름아 어디 가나
천국나라 들리려나
그 곳에 들리거든 이내 부탁 들어주소
우리 미나 행복한가 부디부디 살펴오소
우리 미나 건강한가 부디부디 살펴보소
내게 편지 한 장 띄우라 해 주소
이 어미의 한이라며 제발 소식 전하라소
훨훨 빨리 날아 가소
손꼽아 기다림세 구름 구름 반겨줌세
기쁜 소식 실어 오소

뭉게구름 어서 오소 둥둥 구름 어서 오소
우리 미나 잘 있던가
어미 소식 묻던가
가네 가네 뭉게구름 못 들은 체 흘러가네
이내 부탁 싫거들랑 봤노라만 전해주오

귀뚜라미

귀뚤귀뚤 귀뚜라미 전화를 하네
무덥고 긴 여름 다 지났다고
귀뚤귀뚤 귀뚜라미 전화를 하네
서늘한 초가을 돌아온다고

귀뚤귀뚤 귀뚜라미 자장가 부르네
시원한 가을밤에 편히 자라고
귀뚤귀뚤 귀뚜라미 자장가 부르네
우리 아기 새근새근 고이 잠드네

귀뚜라미 자장가가 정말 좋나 봐
우리 아기 꿈에 젖었네
귀뚤귀뚤 귀뚜라미 고마웁그려

가을밤

달도 밝고 별도 총총 밤은 깊은데
어디서 들려오나 구슬픈 소리
가는 가을 아쉬워 구슬피 우나
잃은 님 그리워 구슬피 우나
저 달이 기울도록 목이 쉬도록
풀벌레 한 마리가 나를 울리네

달도 밝고 별도 총총 바람은 찬데
어디서 들려오나 구슬픈 소리
어미 잃은 애벌레가 슬피 우느냐
가는 가을 아쉬워 구슬피 우나
잃은 님 그리워 구슬피 우나
저 달이 기울도록 목이 쉬도록
풀벌레 한 마리가 나를 울리네

무상(無想)

푸른 산은 첩첩이요
푸른 강은 유유일세
이내 젊음 간데없고
주름살만 굽이굽이
검은 머리 어디 가고
흰머리 세상일세

황혼

서산에 지는 황혼 곱고도 곱다마는
인생에 지는 황혼 백발이 성성하네
굽이굽이 황혼 물결 곱고도 곱다마는
인생의 황혼이란 굽이굽이 주름일세
주름진 이내 얼굴 거울마저 싫다하네

장미 한 송이

탁자 위에 방긋 웃는 장미 한 송이
나만 보면 방긋방긋 장미 한 송이
벌 나비 없건마는 마냥 미소네
목마르면 물을 줄까 장미 한 송이
졸음 오면 재워줄까 장미 한 송이
내 정성 다했다네 장미 한 송이

내 손

내게 순종하는 손
부지런한 손
거부를 모르는 고마운 손
탐스럽고 복스러운 손
이제는 주름진 손
힘줄만 울룩불룩 가엾은 손
아이 미안쿠나
고마운 손아

영혼의 나라

천국이란 그 나라는 얼마나 멀까
가는 길은 있어도 다시 못 오니
천국이란 그 나라는 행복한가 봐
부모 형제 버리고 혼자 갔어도
엽서 한 장 전화 한 통 없으니

천국이란 그 나라는 멀고 먼 나라
가기 싫어 가기 싫어 울며 가더니
천국이란 그 나라는 행복한가 봐
엄마 없인 못 산다고 그러더니
엄마 없는 천국나라 너무 좋나 봐
달이 가고 해가 가고 새봄이 와도
천국 간 소식 알 수 없으니
천국 문이 닫혀 있나 무소식이네

너구리 태풍

요 며칠 전에 너구리 태풍이 온다고 텔레비전에서 들었는디
성격이 아주 사나운 녀석들이라네
다 지어온 농사 망치려고 오는 건지
너구리 같이 얄미운 태풍을
대한민국에 올 수 없게 살살 사정해 볼 수밖에 없네

아이 태풍 너구리님 제발이요
사알짝 돌아가시면 안 되남요
암만 시원섭섭하시더라도 쬐만 봐 주시랑게요
아따 인심 한 번 크게 써 주씨요

오늘은 너구리가 올까 말까
바다 바람은 성질을 낼까 말까

너구리님 고맙습니다
바다 바람님 고맙습니다

나의 바다

마을 앞에 넓은 개펄
나의 바다 나의 개펄
이름 석 자 쓰고 파도
공책 없고 연필 없어
쓰질 못했네
어느 날 모래 위에 써 보고 싶어
모래밭 공책 삼아 이름 석 자 써 봤네
정말 좋았네 참말 좋았네
삼일 후에 가 보니 온데간데없네
밀물이 몰고 온 모래들이 덮어 버렸네

썰물에 남기려고 개펄에 들어갔네
편편한 개펄에 이름 쓰기 시작했네
한없이 원 없이 많이 써 두고 왔네
일곱 물때에 가 봤더니 밀물 썰물이
몇 번이나 들락날락 했건마는
이름 석 자 이름 석 자 지워지지 않고
쓴 그대로 살아 있네
나의 바다 나의 개펄
개펄 이고 지고 가고 싶네

고향 생각

고향 고향 내 고향 그리운 고향
앞에 푸른 바다 뒤는 들과 산
오늘 밤도 달빛 물결 출렁이겠네
달빛 아래 물결 위에 물새 날겠네
가고 파라 가고 파라
경치 좋고 인심 좋은 내 고향

한 번 다시 꾸고 싶네

아쉬워라 그리워라
지난밤 꿈에 얼굴 다시 보고파
오늘 밤도 꿈속으로 가고 싶어서
전등 끄고 팔베개하고 눈을 감았네
웬 일인가 웬 일인가 기다리고 기다려도
잠도 꿈도 오지를 않고
새벽 별만 반짝반짝 등을 밝히네
아쉬워라 서러워라
야속한 꿈아

할미꽃과 개망초

어이 멋쟁이 개망초들아
형제 많고 우애까지 좋더구나

방실방실 동그랗게 모여서
소곤소곤 귓속말도 나누고
사이좋게 정다웁게 사는구나

틀림없는 멋쟁이 개망초인데
하필이면 개망초라 불렀을까
어서 가서 이름부터 바꾸어라

아차쿠나 나 좀 봐라 내 코가 석 자구나
뽐내 봐야 소용없는 할미꽃이라네

백록담

백록담 안에서 불공 들이면
까마귀가 백로가 되나요
그 속에서 염불 많이 외면
죄인도 의인이 되나요
대머리 그 인간
생각하면 가슴이 울렁울렁
도저히 용서가 안 되네요
문섬 범섬 모두 모두 좋은 섬
신기루 같은 좋은 섬
그 인간 때문에 이미지 망치네요

목포 유달산

내 고향 운남에서 목포 오려면 목선을 타고 다니던 시절
어느 날 목포 오는 몇 분들 배 타고 오던 중 모촌 양반
나 목포 처음 가네 하자 장난기 많은 한 분이
자네 처음 가는가 한다
모촌 양반 응 처음일세
그럼 자네 차림새가 그 모양인가 하자
모촌 양반 뭐 손님도 아닌디 한다
장난기 유명한 그 사람
이 사람아 목포 처음 가는 사람은 필히 차림이 중요한디
일났네 일났어
　모천 양반 뭔 일 난당가 어디 손님으로 가는 길도 아닌
디 그러자
　이 사람 보게 다 뜻이 있은께 하는 말이제 한다
　모촌 양반 뜻은 먼 놈의 뜻이 있당가
　이 사람 보게 처음 가는 사람마다 하는 의식이 있다네 그
럼 알려 줄 테니 잘 듣게
　이 사람아 처음 가는 사람은 가다 보면 유달산 상봉이 보
이면 두루마기 갓을 쓰고 상봉 바라보며 절 삼 배 해야 배
가 도착하지 안하면 배가 통 움직이지 않은께 글제 일났네
자네
　그러자 모촌 양반 갑자기 어이 말배 윗옷과 갓 좀 빌려주
게 유달산 상봉에 절 삼 배 하고 줌세 한다

말배 아저씨 못 이긴 척 하고 벗어주자 유달산 산봉우리
가 보인다

어이 모촌 양반 저기 산봉우리 보이네 저게 유달산일세

배머리 쪽으로 하자 저게 시방 유달산이당가 모촌 양반
이 묻는다

그럼 그럼

모촌 양반 배 머리 쪽에 턱 하고 서더니 절을 시작한다

모촌 양반 속임수 한번 잘 듣는다

한 번, 두 번, 세 번 하는 순간 일행들 모두 박장대소하는
바람에

모촌 양반 화가 나서 갓 벗어 바다에 던지고 윗옷 벗어
던져 버린다

정말 일났네 정말 일났다네

그래서 우리 동네서 목포 하면 유달산 유달산 하면서 웃
음 한 목씩 했다네요

흘러 버린 이야기

어느 해 봄날

친구 애정이 엄마가 씩씩거리며 오더니
친구야 쑥 캐러 가세 하며
주방에서 소쿠리 바구니 칼 두 자루
쑥 캘 준비 완전하게 하고 하는 말
온동네 사람들, 여자, 남자, 모두들
봄놀이 가고
자네하고 멍청이 나하고만
동네 지키미가 되어
억울하기도 하고
심심하기로 해서
함께 쑥 캐러 가자고 한다
하지만 가게 봐야 하고
택배도 올랑가 모르고
핑계 대지 말고
내 말 고분고분 듣고 어서 가자고
내 속 맴도 모를 친구가 아니고
못 이긴 척 하고
인심 쓴 척 하고
가세
가세
쑥 캐러 가세
진달래 개나리 소식 궁금하고

벌 나비 춤추고 노는 것 보고프고
내 맴이 더 설렁설렁하고
가세 가세 쑥 캐러 가세
쑥 캐다 떡 해 먹고
쑥 부침개 해 먹고
쑥 향기에 취해 보세
취해 보세

나룻배

잔잔한 봄 바다에 사공 없는 나룻배
흰 돛대 위에 앉은 갈매기 한 쌍
정답게 바라보며 귓속말 끼룩끼룩
서해바다 갈까요 동해바다 갈까요
의논 서로 통했는지 흰 날개 펼치고
아지랑이 길 따라 날아 가구나

사공 없는 나룻배 외로울까 봐
어디서 왔는지 도요새 한 쌍
사공님 부르는지 도요도요 외친다
사공님 들으셨나
배 위에 앉아서 어기여뒤여
뱃노래하며 노를 젓는다

도요새들 팔랑팔랑 날개 춤추고
사공님 욕심 보게나요
도요새 손님 싣고 아지랑이 가득 싣고
봄바람 앞세우고 어기여뒤여
뱃노래 부르며 두둥실 두둥실
흘러 흘러가누나
인제 가물가물
흰 돛대도 가물가물 멀어져 가네

말더듬이 박질묵

우리 동네 아짐들
겨울날 따듯한 식수
고무장갑도 없는 시절
손빨래 들고 모여서 하고 있는디
말더듬이 박질묵이 누런 코 줄줄 흘린 채 오더니

아짐들 우울 어매 애애기 낳다당께요
세세마리 마많이 낳고 우울고 있당께요
애애기 낳고 바밥 굶어 불믄 고곤 죽은디 어어쩔거나 우울어매

아짐들 질묵아 사람이 애기나면 몇 명이다 하고
개나 소나 짐승들 보고 새끼라고 한단다

아따 차참말로 세 세 마리요 나가 봤당께
시 시방 두 두 마리 잠자고요
하한마리 짚뭇에 싸서 바방 구석지기에
세 세워 놨어요 가가보세요

질묵이 놈 땜시 웃다가 오줌 쌌다네요

백사장

황동시장 백사장 소문난 화원부자
백사장 좋게 말하면 시골 군수님 얼굴 같고
나쁘게 말하면 지리산 산 도적 같다
백사장 모친 덩치 절구통만 하고
맷돌 같이 큰 얼굴은 모자가 판박이
덩치 값 못하는 천하의 졸장부
내 물건 살 때마다 본전 못 찾게 깎아 내리기도 여러 번
나 자존심 상해서 안 팔라네요 했더니
그래 그럼 내일 서울 가서 평화시장 싹 쓸어 와야겠네 한다
제발 졸장부씨 평화시장 상인들이 어서 오라네요
백사장 부인이 언니가 참아요 약주가 심했나 봐요
하루 길 가다보면 개도 보고 중도 본다 안합디요
백사장 부인이 침이 마르도록 사정을 한다
큰 키에 미인이고 남편 말에 순종적인 저런 부인이
어찌 백사장을 만났을까
세월이 흘러 백사장 반백이 되고 나도 반백이 되었는데
어느 날 느닷없이 찾아오더니
많이 파셨소
어쩐 일이요
형수님께 용서 빌고 고백할 말씀도 있고 해서요
뭔 말이당가요
예전에 물건 살 때면 내가 심해서 왔어요

오메 오메 상놈은 나이 들면 양반 된다 했던가 그 말 맞네요
듣는 둥 마는 둥 하는데
내 긴 세월 짝사랑 하다 이제 곧 갈 것 같아서
고백하고 떠나려고 왔어요 사람으로 태어나서 누군가
여태 그리워해 주고 사모해 줄 사람 있으면 행복 넘치는 사람
아닌가요 오늘 가도 이제 나 한 풀었어요
그리고 떠났다
이후 백사장은 떠났다고 했다

길을 찾아

밥이 적어 굶은 배는 참을 수 있으련만
배움의 굶주린 배는 서러워서 못 참겠네
물건들은 돈 없으면 외상도 주지마는
남의 머릿속에 든 글공부는 돈 주고도 살 수 없네

물 떨어져 타는 목마름은 참을 수가 있으련만
글공부 목마름은 참을 수도 달랠 수도 없는 신세일세
글공부 길 물어도 찾을 길 전혀 없었네
내 평생 가슴앓이 약도 없고 길도 없었네
천국나라 아파트들 다 팔리기 전에 나도 가서
아파트 사야 하것만 한풀이 미련 때문에
망설이다 세월만 자꾸 가네

글공부길 찾으면 급행 비행기 불러 타고
쏜살같이 갈까 보네 글공부길 찾지 못하면
천국 아파트 놓칠까 염려일세
아파트 놓치면 월세라도 방법 있을 터
글공부 시 쓰기 길 놓치면 죽기도 억울해서
죽지도 살지도 못할 신세
나 길 좀 알려 주오
복 받고 사실 사람들아
나 길 좀 알려 주오

찾았구나 찾았다네
목포 공공 도서관 물어물어 찾아왔네
시 쓰는 법 배웠네 원도 풀고 한도 풀어보세
하루에 열 번 죽어도 나는 좋네
나는 나는 좋다네
이대흠 시인 찾아서 한 풀고 원 풀고 가려네
꿈을 싣고 시를 싣고 가려네
가려네 내 길 찾고 나 가려네

시누대 꽃

초록이 좋아 초록 옷 좋아 초록 울타리 만들고
초록 옷 자랑하는 나는 시누대라네
모진 바람 불어도 부러지지 않고 그저 스르르
북풍 불면 북으로 그저 스르르
동풍 불면 동쪽으로 그저 스르르
모진 바람 불어도 뽑히지 않고 쓰러지지 않는다네
울긋불긋 단풍 옷 난 싫다네
싱싱한 초록 옷 난 좋다네
십 년에 꽃 한 번 피는 시누대라네

키 크고 울창한 나무들 비바람에 쓰러지지만
산길 들길에 시누대는 고까짓 비바람 꿈쩍도 안하고
십 년에 꽃 피워도 난 좋다네
꽃향기도 아니고 시누대 향 난 좋다오
꽃 모양새도 아니고 꽃향기도 아닌 시누대 꽃을
누가 꽃이라 불렀을까 그래도 난 좋다오

시누대 꽃 발견한 아이는 운 좋은 날
친구들이 부러워하지
운 좋은 아이 꽃가루 따 먹으려고 손 벌려 받치고
또 한 번 붙잡는 순간 봉선화 씨 터지 듯 확 터져
먼지 아닌 먼지 되어 하늘 높이 날아간다

손바닥에 묻은 가루 혀로 핥아 먹는다
그것도 꽃이라고 누가 불렀을까

부러워하던 친구들 손뼉 치며 놀린다
연탄장수 아들 닮았다고 웃고 놀린다
하지만 요새 초콜릿 맛이 그만큼 맛있을까
진한 커피 가루 같은 그 시누대 꽃가루

시누대 꽃가루가 한 편의 시가 될 줄이야

친정집 잔치

철 따라 친정집 식구 아들 결혼 딸 결혼한다며 청첩장이
줄 선다
바빠도 가야 하고 보고 싶기도 하고
차라리 잘 되었어 하며 간다
올케 언니 나 갈 적마다 하는 말 누구누구 아버지
속 창시 빠졌어라 우리 집 와서 무어라 한 줄 아요
고모 오신다요 하길래 오지요 하니까 글쎄
요번에 부조 집에 들릴까 했는데
옥례 보려고 무안예식장으로 가야겠네 허드랑께요
나 처녀 시절 그네들 철부지였을 거예요
냅두시오 지껄이다 말겠지요
어느 땐가 서울서 예식한다고 했다
바빠도 시간 내어 참석했다
그날도 몇몇 분들 하는 말
옥례씨 고백 한번 하고 싶어도 용기 없어 못했노라하는
녀석들 말 받아 쳤지요
요요 어린 녀석들 나 처녀 때 젖비린내도
안 가신 녀석들 뭐라 종알거리니
그러자 옆에 몇 사람 나도 용기도 없거니와
어지간히 도도해야 말을 걸 수 있었간디요 하며 주절인다
두어라 그 시절 말 잘못했으면 느네들 턱 주둥이
지금까지 온전치 못했을걸

그 봐라 오늘도 입 다물자 안 했나 누군가 말을 했다
그러고는 철부지 친구들 각자 집으로 돌아갔다
나는 그리 듣기 싫지도 밉지도 암상치도 안 했다

달그림자

중천에 뜬 저 달 나 보며 싱글 벙글
내가 걸면 걸어오고 내가 서면 곁에 서고
내가 울면 한숨 쉬네
어느 날 개수나무의 부탁 안 된다며
구름 타고 멀리가고
그다음 밤 만났는데 초면인 듯 낯설다 하네

어둡다며 밝혀 주고 날 샜다며 출장 가네
오늘 밤 친절하게 다가와 우리 그림자 찾기 하자시네
까짓것 참 쉬울 것 같아 생각 없이 오케이
나는 네 그림자 너는 내 그림자
지금 바로 시작
내가 걸어가는데 그림자 성큼성큼 따라오네
아니 이럴 수가 내 그림자 잘 보이는데
달그림자 전혀 보이질 않는다

눈을 씻고 봐도 보이질 않는다 의심 든다
암만 생각해도 도무지 알 수 없는 일
나 그만하겠어요
잠자는 것이 건강의 도움일 듯
그림자 찾는 내기 속임수 같아 짜증난다
달님 한숨만 자고 오라신다

나는 바로 잠이 든다

꿈속 깊은 산속 솔향기 따라가니 여기가 천국
가면 갈수록 머리가 맑아지고
기분 붕붕 떠서 날듯 한 행복
세상에나 아름다운 호수
잔잔한 호수 꿈에 그리던 호수
그 물속의 방실방실 달님 그림자
찾고 찾던 달님 그림자 나는 해냈다

백모시

백모시 바지 적삼
정성 다해 지었다오
정성 다해 지었다오
어서 입고 마실 가오
어서 입고 마실 가오
등에 마의 땀 흐르면
백모시옷 다 버리오
밀짚모자 사서 쓰오

향 부채는 여기 있소
백 고무신 흰 양말은
박 속보다 더 희오
이웃사촌 시원타네
보는 이들 부럽다네
자네 부인 솜씨인가
삯바느질 솜씨인가
솜씨 한번 그만일세

그리워라 내 고향

앞에는 푸른 바다 뒤에는 논과 밭
부모형제 없지만 고향 가고 싶구나
간다 해도 그 누가 날 반길까
산 까치나 까악까악 반겨 주려나
종달새나 종달종달 맞아 주려나
맴섬 찔레꽃이 낯설다 하겠지
웃등 모과나무가 몰라보겠지
은빛 모래 달빛 아래 반짝이겠네
달빛 아래 물결 위에 물새 날겠네
금빛 물결 찰랑찰랑 날 반겨다오

넓고 넓은 갯벌 위에 내 이름 석 자
지금쯤 다 지워졌을거라
아서라 치워라 십 년이면 강산이 변한다 했거늘
반백년도 훨씬 넘어 갯벌의 이름 석 자 기다리겠나
아서라 치워라 갯벌 위에 이름 석 자 생각도 말거라
달빛 아래 물 위에 물새 놀겠네
푸른 물결 출렁출렁 날 반겨다오
날 받고 시간 내어 내 고향 갈거나

천국 종착역

오라버니 사신 나라 정말 좋은 곳 맞지요
오라버니 죄송해요 오라버니 보고 싶소
오라버니 집에 왔을 때 식구들 다 자고 있고
나만 오라버니 오실 것 같은 느낌이 들어
마당에 서성이든 찰라
오라버니 오셔서 시장하지요 밥 차려 드릴까 했지요
그냥 고구마나 주라 하시고 한 개 잡수시고
오라버니 친구 천장섭씨 집에 간다 하시고
그게 마지막 만남일 줄 차마 몰랐어요
오라버니 이제 머지않아 동생도
천국 종착역에 도착할게요

내 전화 드릴게 꼭 마중 나오세요
그날 만나면 밤이 새도록 해가 질 때까지
수많은 이야기 나누고 우리 가족들 헤어지지 말고
도란도란 모여서 살아요
오라버니 지금 이 순간도 간절하게 보고 싶어요
그리운 오라버니
마지막 천국 종착역에서 꼭 만나 봅시다

김복남 오라버니 그 곳은
사랑의 샘물이 솟아나는 곳

질투가 없는 곳
부족함이 없는 곳
행복이 넘치는 곳
아픔도 없는 곳
헤어짐 없는 곳
오라버님 계신 곳
동생 찾아 갈게요
천국 종착역 도착 즉시 전화 할게요

내 나이 세 살

어느 날 우리 엄마 아부지 보고 여보 오늘 큰 집 사랑방
에 가보세요 물래 방아에서 듣자하니 큰 집 사랑방에 어떤
아저씨가 한 댓살 먹은 딸아이를 달고 와서 사랑방에서 살
고 있다고 말 듣고 엊저녁에 잠이 안 와요 생각 끝에 우리
가 키우면 어떨까 해서 말해 본 거예요 우리 집 사내아이
없은께 울릴 일 없어서 생각해 본 거예요

아부지 생각 잘 했구먼 사랑방 가신다 아이를 보듬고 오
셨다 얄푹한 몸의 아주 가냘프게 생겼다 꼭 인형마냥 생겼
고 놀고 싶은 만큼 귀엽다 우리 엄마 목욕부터 하고 머리
이 다 잡아 화롯불에 태우고 언니들 옷 줄여서 입히고 밥
을 차려 주었더니 어른 밥 먹듯 큰 사발 한 그릇 해치운다
우리 엄마 적은 머리카락 숱이어도 정성 다해 머리를 땋았
다 보는 이마다 우리 엄마 보고 이왕이면 아들이나 어디서
주어다 기르지마는 딸만 있는 집 딸 주어다 길어서 어디 쓰
려고 말들 한다 속을 모르면 말하지 말제

이름이 춘열이라 한다 우리 엄마 보고 어매라 부른다 얄
상얄상 예쁘다 그런데 내 위에 언니 학교에서 오자마자 춘
열이 왜 안 갔냐 하고 느그 아배한테 가라고 소리친다 춘열
이 소리도 못 내고 눈물을 보인다 나는 춘열아 울지 마 달
래 준다

우리 집 식구들 나는 제쳐두고 춘열 춘열 그랬다 그래서 언니가 이춘열 땜시 우리 동생 의붓딸 될까 봐 걱정되어서 춘열이 괴롭혔다고 한다 근데 뜻하지 않는 일이 생겼다 춘열이랑 나랑 둘이 놀다가 잠깐 사이 없어졌다 밭에 가신 엄마보고 춘열이 없다 했다 우리 엄마 집에 와 찾아보다가 춘열이 아버지 찾아보고 큰 집 가서 알아보니 동네 아저씨와 술 싸움하다 없어졌다 한다 춘열 아부지 옷 괴짝 우리 집 방앗간에 두고 필요할 때마다 옷을 꺼내 입고 했다 옷 괴짝이 없다 우리 엄마 돌아가심서 니 컸은께 꼭 춘열이 찾아보라고 했는데 아직 못 찾아 봤다

길에서 주운 펜촉

흙 묻은 펜촉 하나 주웠다
운 좋은 날이다
이걸 한번 어떻게 사용해야겠다
이렇게 저렇게 궁리하다 잠을 설친다
마당 곁에 땔감으로 쌓아둔 수숫대
맨 위에 가늘고 짤막한 매두 잘라 촉을 꽂았다
훌륭한 펜 한 자루가 됐다
잉크 준비는 어제 저고리 감 물들이고 남은 물감
찌그러진 양재기에 물 끓여
물감을 풀자 멋진 잉크 한 병 완성

그렇다면 공책 준비는 오호라 어제 친구 집
마루 끝에 손잡이 없는 바구니에 무슨
잡지책인가 담겨져 있었지
혹시 밤사이에 버리지나 않았나 급히 달렸다
다행이다 한쪽 손잡이 없는 과일 바구니까지 가져왔다
근데 큰 언니 딸 조카 하는 말
야한 잡지 책 보려 한다며 불에 태우겠다한다
잡지 빈 공간에 펜글씨 연습 할 속셈인 줄 모르고 그러네
어디를 가든 들고 다녔다
그 펜촉 생각하니 웃음이 번진다
어느새 65년 세월이 흘렀구나

잘못 없이 용서를

들일 갈 적마다 어매는 아이를 업어다가
옆에 소나무 그늘 아래 놀게 하고 일을 한다
이날도 그렇게 놀다가 젖을 먹고 싶어서
일하는 엄마 곁으로 간다
난데없는 개구리 한 마리 앞질러 뛴다
아이 젖 먹을 생각 잊고
개구리 폴짝폴짝 뛰는 장단 맞추듯이
아이도 뒤따라가면서 폴짝폴짝 뛴다

개구리 뛰다가 무슨 생각이 들었지
후다닥 돌아서 아이 몸에다 오줌을 뿌리며
성질 부린다 놀란 아이 허겁지겁 도망치며
잘못했어야 개개굴아 살려주라 개개굴아
잘못했당께 사정 하며 소리 지르자
김매던 어매 급하게 온다
뱀뱀뱀 어디 물렸냐 어디 어디 피 나냐
개개구리가 나 잡아먹으려고 해요
나 잡아먹으려고 해요 하고 울었다

아들 못 둔 쓰린 가슴

어매 어매 아들 없는 아픈 설움
정든 남편 빌려 주고
물래 질을 남편 삼고 탄식 노래 벗을 삼고 눈물로 요기하고
어린 딸들 재워두고 밤이 길든 밤이 짧든
첫 닭이 울 때까지 물래 질을 하네

아배 아배 우리 아배 우리 어매 탄식 노래 한 곡조나 들
어 봤소
우리 어매 탄식 노래 산천도 울 것이요
우리 어매 흐른 눈물 대동강도 넘치겠소
정든 님 빌려주고 독수공방 기나긴 밤 첫 닭이 울 때까지
물래 질로 날 새고 우리 아배 기침소리에 눈물 콧물 급히
닦고
안 나오는 웃음 짓고 버선발로 맞으시네

우리 어매 하신 말씀 가시니라 고생하고 오시느라 추워
겠소
소국 끓이고 밥 지을 테니 어서 한 몸 뎁히구료
어린 딸들 급히 깨워 아배 자리 비키거라 윗목으로 몰아
친다
우리 아배 하신 말씀
눈이 오니 안 가겠소

비가 오니 안 가겠소

우리 어매 말 좀 보소

어서 가오 어서 가오

잘난 자식 얻으려면 그 공 없이 그 정성 없이 어느 신이

주실까

비는 듯이 사정하며 재촉해서 보내신다

오르락내리락 물래 소리 지금도 귓전에서 맴돕니다

흰 나비

흰 나비 멋쟁이들 백의민족 얼을 받았는지
흰 날개 옷 곱게 차려 입고 나풀나풀 날아오네
작년 봄 오실 때에는 아빠 나비 엄마 나비
양친 모시고 왔었제
올 봄 꽃구경은 누구 모시고 오셨는고
신랑 나비 아기 나비 가족끼리 왔어요
나비 손님 이 할미 생각해 보니 우리들
구면인께 통성명이나 하고 사세

이 할미는 인심 좋고 등대불이 깜박거리는
유달산 바위 중턱에 산다네
그쪽은 어디 살아
네 저는요 봄꽃 만발하고
꽃향기 날리는 곳에 사는 멋쟁이 흰 나비 올시다요
자네 내년 봄에도 올 텐가
그럼요 와야지요
누구 누구 모실 생각인고
글쎄요 언니 나비 오빠 나비
웃어른 몇 분 모시고 올 생각이에요
허어 참 인심도 후하시네그려
멋쟁이 흰 나비 복 받고 살겠네

그럼 우리 유달산 일등바위 올라갈까

네 가십니다

근데 날 업고 가실 분이 아직이네 어떡할까

할머니 제 등에 업히세요

몇 분이나 날았을까

멋쟁이 나비 진땀 흘리며 항문에서

뽕뽕뽕 나팔을 분다

자네 힘드남 오매 자네 땜시 채독 걸리겄네

아이고 군내야

흰 나비 얼굴 홍당무 됐다네

마을 야학당

공부하고 싶은 아이들 모이라고 해서 성맘댁네 빈 방으
로 모였다
집에 가니 다 떨어진 멍석이 전부다 멍석 들고 방안에 뚫
린 구멍 살펴보니
서선생 신혼 방인 듯싶다 가마니 멍석 모두 다 털어내고
서선생 신혼 방 입구 솔잎으로 틀어막고 낫 들고 망태기
들고 산으로
생솔가지 한 짐씩 하러 간다 그것 말고도 준비할 것이 많다

등잔불 준비는 엄마 몰래 한 종제기 훔쳐두고 비료 포대
몇 장 잘라서 공책 대신 준비해 두고 검정 고무신 한 짝 주
워 잘라 지우개 준비도 하고 연필은 학교 다니는 애들 붙잡
고 사정해서 하나 놓고 생솔가지로 방에 불을 땐다
방문을 열어보니 연기 때문에 캄캄한 서선생 부부 피난
준비하느라 이리 뛰고 찍찍 저리 뛰고 찍찍

한 삼일 된 날 호롱불 갑자기 정전, 눈이 없어졌으니 내
일 불 준비할 사람 한 친구가 간솔 기름을 준비한다 그날
사금파리 깨진 종제기 주워서 간솔 기름 붓고 심지 집에서
바느질 실 몇 발 새끼줄 꼬듯 꼬아 심지 완료
본격적으로 공부 시작 선생님은 마을 오빠 최광기씨
간솔 불 활활 밝아서 좋았다

선생님 낫 놓고 기역 쓰라신다
모두들 엎드려서 조용하다
선생님 앉아서 보고 있다
다들 썼으면 고개 들것
일동 들었다
그런데 이게 웬일
선생님 코 밑이 새캄하다
여기저기서 피식피식 웃는다
영문 모르는 선생님 웃는 것 보니
못 쓴 것 맞제 하신다
더 웃긴 것은 새카만 코 밑의 하얀 이빨
안 웃고 넘길 수는 없는 장면
여러분 공부하러 온 것 맞지요
웃으려고 온 사람은 손들라며 선생님은 화를 내신다
그때 그 추억 참 행복했어요

새댁 시절

길쌈 들어가고 손바느질 유행 넘고 생복 날개 치는 시절
재봉틀 한 대만 있으면 제품 만들어 곧 사장도 될 듯싶어
머릿속이 꿈틀 요동을 친다
이 생각 저 생각 단잠을 못 잔다
궁리 끝에 신랑 보고 재봉틀 한 대 사주면 안 되냐고 물
었더니
흔쾌히 사준다
재봉틀 안방 주인인양 자리 차지하고 있다
바라만 봐도 행복할 것 같은 생각은 온데간데없고 어서
돈 버는 재봉틀이 되어야 할 텐데
생각 끝에 우선 시장 옷을
구경 한 다음 해 보는 것이 순서 일상 싶다
그 다음날부터 시장 구경 실컷 하고 필요 없는 아동복도
사들고 와 옷 뜯어 보고 다시 그 모양으로 되 만들어 본다
이것을 반복하다 보니 조금 자신감이 든다
신랑에게 제품 만들어 보겠다고 했더니 신랑은 반대란다
본전도 못 찾고 실망 그래도 꿈을 현실로 이루도록 신랑
몰래 옷감 몇 마씩 사 모았다
가장 쉬운 몸빼부터 시작한다
몸빼는 눈감고도 할 수 있게 되었고 어떤 꽃무늬가 유행
인가 자세하게
봐 두고 열심히 연구했다

이것저것 여러 가지 만들어 시장에 선 보이려고 가 봤다

이럴 수가 서로 사겠다고 불티가 났다 이 집 저 집 주문이 밀려든다

그런데 꼬리가 길면 밟히는 법 결국 퇴근한 신랑에게 들켜 버렸다

낮잠 자고 마실 다니면 뭐하겠어요? 취미 생활 좀 할게요

아무리 사정해도 가정주부 족할 테니 허튼 소리 하지 말라고 신랑이 소리친다

그래도 신랑 몰래 돈 버는 쏠쏠한 맛을 접을 순 없다

어쩔 수 없이 신랑과 갈등이 잦아진다

자유부인이 되려면 이혼하자며 이제부터 윗집도 출입금지라고 신랑은

엄포를 놓는다

억지로 시장 삯바느질이라도 하게 해 달라고 하자 남의 옷 만들면

상 노동이고 몸이 허약해지면 돈 간 곳 없어지고 돈도 다 도망친다며

오히려 신랑은 사정을 한다

그래도 나는 꿋꿋하게 노력해서 스물하나에 여사장이 되고

재봉틀 몇 대 늘리고 종업원 두고 제법 큰 공장으로 발전했다

신게아제

신게아제 뻘낙지 잘 잡는 선수 중에 선수이다

몹시 추운 겨울날 신게아제 친한 친구와 낙지 잡으로 뻘에 간다

한참을 잡다가 신게아제 갑자기 뒤가 마렵다

뻘 깊게 파서 화장실 만들어 놓고 시원하게 일을 본다

화장지 대신 오른손으로 항문 훔치고 털자 이것이 잘 털어지지 않는다

신게아제 다시 한 번 확 뿌려친다는 것이 옆에 세워 둔 가래짝에 맞았다

신게아제 언 손이 너무 아파 그거 묻은 줄도 모르고 입에 넣고 호호호 불었다

신게아제 친구한테 질세라 다시 열심히 낙지를 잡는다

밀물 시간이 되어 친구가 신게아제 쳐다보니

볼 언저리에 황금색 똥 화장을 한 채

야 이놈아 많이 잡았냐? 한다

신게아제 친구 사랑방에서 시작된 이 소문이 어느새 물레방아나 빨래터에도 돌았다

마을 사람들 입방아에 신게아제 귀가 간질간질

길 걷다 신게아제 마주치면 우선 웃음부터 나와 겨우 길 비켜주고 왔노라며

매일 화제다

동네 아이들도 신게똥 신게똥 놀린다

신게아제 어매 제삿날이었다

신게아제 떡 찌고 있는 며느리에게 요놈의 고양이 새끼들
잘 봐라 부탁한다

장대 몇 마리 손질해 빨래 줄에 매두었는데 잠깐 사이 동
네 고양이들 전부

모여서 장대 쳐다보고 야옹야옹한다

신게아제 고양이 얼른 내 쫓고 안 디질라면 빨리 가블어
라 소리 지른다

신게아제 간대들고 앞마당 뒤뜰 쫓아다니며 내 좆 같은
고양이 새끼들아 야옹이고 뭣이고 오늘 밤 울 어매 지앙 모
실라고 준비한 것이 내 좆 만한 장대 몇 마리뿐이다 신게아
제 빨래 줄에 매달린 장대 뒤집으며 내 좆 같은 장대야 어
서 빨리 말라 벌제 머하고 자빠졌나

이 소문이 며느리 입을 통해 바람타고 동네는 물론 타동
네까지 퍼지게 되었고 신게아짐 며느리 입단속 단단히 시키
면서 며느리는 그 뒤로 시집살이 된통 받게 되었다네요

신게아제는 무덤 속에서도 귀가 간질간질

모천아제

품앗이 미영 잣는 날 모천아제네 차례다
울 어매 맨 아랫목에 횃대 밑에 앉아서 미영 잣는데
모천아제 무언가 찾느라 횃대 밑을 더듬더듬
여러 차례 왔다 갔다 한다
모천아제 예서 시방 무엇을 그리 찾으시오
네, 담배가 시방 하도 먹고 싶어서 담배 찾소
울 어매가 보니까 모천아제 처음부터 담배 입에서 뻐끔
뻐끔 하고 있었다
울 어매 하도 이상해서
모천아제 담배가 둘이요 물었다
아니요
그럼 시방 입에 물고 계시는 것은 뭐다요
아따 이놈의 정신 디져야 써 디져야 써
물레방에서 터지는 웃음소리 아짐들 뒤집어진다
조금 있다가 모천아제 아짐씨들 오늘 장날 맞소
맞으요 오늘 망운장날 기요
이놈의 정신 아까까지 장날 생각해 놓고 금세 잊어블고
참말로 디져야제 디져
그런데 모천아제 횃대에서 옷을 내렸다 다시 걸었다 한다
또 울 어매가 모천아제 인제 뭣을 찾으시오
예, 장에 가려고 시방 두루마기 찾소
그러자 모천아짐이 두루마기 횃대 가장 자리에 있다고

한다

　모천아제 늦었다며 두루마기 입지도 않고 개어진 채로 들고 바삐 나가신다

　장터가 보이자 모천아제 두루마기 입으려고 했더니 암만 찾아도 손 넣을 때가 없다

　자세히 들여다보니 모천아짐 속고쟁이다

　모천아제 약이 오를 대로 올랐다

　모천아제 집에 오자마자 가위를 찾는다

　죄 없는 고쟁이 숭덩숭덩 잘려 나간다

　무슨 놈의 계집 고쟁이가 횃대에 걸렸다며 야단법석이다

　물레방에 있던 아짐들 웃음보 또 터진다

언덕 위의 하얀 집

언덕 위의 하얀 집
앞에는 푸른 바다 물새 날고
뒷담 참 솔밭에 산새들 조잘대는
언덕 위의 하얀 집
흰 머리 부부 한 쌍
서로 서로 존경하며
살고 싶은 언덕 위의 하얀 집

사랑하는 아들 딸 건강하고 우해하고
잘 살기를 새벽마다
두손 모아 기도드리고
곱게 곱게 늙어가고 싶은
꿈들 날아가 버리고
어디로 가셨을까
꿈도 희망도 다 두고 가야겠다
머나먼 고향집 찾아 가야겠네
보고 싶던 딸들 만나겠지
못난 어미 손 꼬옥 잡아 주겠지
반겨 주겠지
반겨 주겠지

욕쟁이 산엣양반

산엣양반 황소 고삐 잡아 뒷짐 지고 성큼성큼 걷는다 황소 고삐 풀려 건너편 남 콩밭 다 망친다 욕쟁이 산엣양반 그건 까맣게 모른 채 소 없는 빈 고삐 말뚝에 매둔다

울 언니 어디 갔다 오시오

으응 소 매고 온다

저기 콩 뜯어 먹는 소 뉘 집 소에요

저 소 나는 몰라

울 언니 웃는 걸 보더니 산엣양반 허겁지겁 뛴다

황소 새끼야 죽고 잡냐 좋은 말 헐 때 빨리 와야

큰 소리 지르며 달려 보지만 마음 만 앞선다

너 말 안 듣고 죽어 볼래 연뱅 딴뱅 급살 맞을 소 새끼야 오늘 손에 잡히기만 해 봐라 바로 디진게 하며

뛰어가는데 설상가상 허리띠 풀렸는지 바지에 밟혀 뒤로 홀라당 넘어진다 통증 심하련만 급한 상황인지라 벌떡 일어서 옷 잡고 쫓아가는디 콩 뜯어 먹던 황소란 놈 어디서 암소 음매 소리라도 들었는지 어디로 가고 없다

내 좆 같은 소 새끼 좋은 말 헐 때 어디서 디져 뻗고 집에 오지 말 것이여 오기만 허면 내 손에 맞어 디진께 제발 부탁한다 좆 같은 소 새끼야

가을이 왔다

산엣양반 서숙 베고 우리 나락을 비는데 산엣양반 욕 소리 하늘을 찌를 듯 들린다 건너다보니 지게를 작대기로 두

들겨 패고 지게를 집어던지다가 지렛다리에 산엣양반 된통 맞아 지렛다리 분질러 버리겠다고 난리다 산엣양반 그대로 안 되겠나 지게 세워 놓고 서숙 가마니 올리자 바로 넘어진 다 이번에 지게 말고 서숙 가마니를 발로 차고 작대기로 두 들겨 패고 난리 한바탕 산엣양반 지게 세우고 가마니 지고 선다 멀쩡하다 산엣양반 끙끙대며 우리 논둑길로 걸어서 온다

울 언니 지게야 지게야

그렇게 매질 맞고 짐 지고 가냐

아프다고 누워 있제 마는 했다

저 사람은 먼 일 있을 적에만 보고

다시는 보지 말어라

참말이여 했다

산엣댁 잠깐 일 보려고 집 나간 사이에 찾는 사람 줄 선다 팥 씨 바꾸자고 온 사람, 일 품삯 받으로 온 사람, 쟁기질 해달라고 온 사람 욕쟁이 산엣양반 한 건도 해결 못한 채 만만한 산엣댁만 앞뒤로 불러댄다 일 보려고 나간 산엣댁만 찾다가 화가 나면 동네 높은 언덕에 올라가 내 좆 같은 산엣댁 부른다 한 세 번 정도 부른다 빨리 오지 않는 산엣댁에게 왕 잡년 어디 누구 집구석에 퍼질러 앉아서 오도 가도 않고 연뱅 딴뱅 오사당창뱅 이 애비 잡어 뜯어 먹고 퍼질러 앉아 있냐 이 왕 잡년

산엣댁 찾는 소리에 동네가 난리법석 개들까지 합세 시작 똥개, 황개, 털개, 백구, 똘똘개, 검둥개, 삽살개, 멍멍 컹컹 캥캥 껑껑 하도 요란해 동네 사람들 정신을 뽑아 논다 그제야 산엣댁 가만가만 새색시 걸음으로 들어오면 나가 이 왕 잡년 뉘 집이라고 시방 능구렁이 마냥 슬슬 기어와 이 왕 잡년아 끼대 안 나가야 그럼 내 손에 디지고 싶냐

산엣댁 밥숟가락 놓고 구들장 지고 누웠다고 소문났네 욕쟁이 산엣양반 할멈 병수발 하느라 욕 소리 많이 부드럽게 한다네 우리 동네 아짐들 몇 분들 울타리 밑에 숨어서 엿듣고 와서 흉내 내는데 산엣양반이 한 숟가락만 먹자 자자 한 번만 밥 퍼먹어야 살제 디질 것이여 에라 모르겠다

내 좆 같은 산엣댁아 안 퍼먹으려면 차라리 디져라 디져 개 새끼만도 못한 년 정말 죽고 싶제 이 왕 잡년아 속 시원하게 어서 디져라 디져 좋게 말할 때 빨리빨리 디져야

산엣댁 정말 참말로 가 버렸네 출상 날 마지막 성북제 끝내고 상두꾼들 상여 매고 가는데 갑자기 맨발로 나와 가지 마라 산엣댁 가지 말어야 고집 부릴래 가기만 가 봐라 내 손에 디진게 하며 소리 지른다 상여 붙들고 못 가게 하자 사람들이 손을 뜯어 말렸더니 입술 앙당 물고 발로 상여 차겠다고 한 발 높이 들었다 산엣양반 발랑 넘어지며 하는 소리 산엣댁 왕잡년 나 죽는다 그러자 상두꾼들 배꼽 빠지고 다리 힘 풀려 상여 길 바닥에 잠깐 내려 놨다네

따르릉 따르릉

온종일 고요하던 시간을 따르릉 소리가 흔든다
끙끙대며 수화기를 귀에 대고
누구시오
동사무소요 이중구 씨 댁 맞죠
손이 사시나무 떨 듯 한다
혹시 이 양반이 하는 마음에 순식간에
오매 하필이면 명절을 앞두고
다시 이중구 씨 댁 맞아요 한다
왜요
설 선물 드리려구요
떨리는 가슴을 쓸어내리고 있는데
여섯 시까지 동으로 오세요 한다
신분증 도장 준비하는디 또 전화가 울린다
할머니 그냥 오지 마세요 하고 뚝 끊는다
그럼 그렇지 내게 무슨 선물이야 하고 앉아 있는데
다시 따르릉 소리가 울린다
할머니 몸이 불편 하시니까 오지 마시고
집에 계세요 퇴근길에 들릴게요 한다
저녁에 동사무소 직원이 찾아왔다
할머니 날씨가 엄청 추워요
떡국 쇠고기 햄 멸치 골고루 주신다
받아들고 눈물을 얼른 훔치고

고맙습니다 복 많이 받으세요
선물의 기쁨은 간데없고 긴 한숨만 품어난다
신세 신세 내 신세야
너 어쩌다
귀 막힌 한탄만

인생의 막차

여보, 고마워요 긴 세월 아픔을 지금까지 잘 참고
이 시간까지 눈 뜨고 살아 있어서 정말 고마워요
참는 중에 조금만 더 참고 날 기다려 주세요
당신의 막차 나랑 합승하게요
당신 나 떠나 혼자 가기 싫지요
나 당신 맘 알아요
그러니까 제게 시간을 조금만 주세요
당신 사랑 김옥례 부탁 들어줄 것이라 믿을게요

나, 당신 덕 좀 보려구요
당신 막차 나랑 꼭 합승하게요
함께 합승하면 차비 절약
우리 사랑하는 자식들
고생 모두 한 번에 끝낼 수 있어요
여보, 내 생각 괜찮지요
당신 사랑하는 김옥례 부탁 들어줄 것이지요
사실은 나도 당신 혼자 가시는 것 조마조마하거든요
혹시라도 행여라도
당신 길 잘못 찾을까 봐 그래요
합승 승낙한 줄 믿고 그리 준비할게요

뻐꾹새

뒷동산에 뻐꾹새 울음소리 처량도 하네
타향살이 외로워 구슬피 우나
고향 땅 그리워 구슬피 우나
뻐꾹새 네 울음에 내 눈가 젖었구나
이삼 사월 긴긴 날 울다 울다 허기지겠구나
길이 멀어 못 가느냐
길을 잃어 못 가느냐

뻐꾹 뻐꾹새야 너보다 작은
제비들도 멀고 먼 강남 오가는디
뻐꾸기 너희들도 제비처럼 찾아가보렴
뻐꾹 뻐꾹 울지 말고 수많은 철새들에게
묻고 물어서 찾아 가보렴
뻐꾹새 네 설움에 내 눈시울이 젖었구나
뻐꾹 뻐꾹 뻐꾹새야

나 몰래 떠난 청춘

야속한 청춘 언제는 이 가슴에 꽃을 피우고
깊고도 깊은 정을 심고 믿음을 심어 주더니
나도 몰래 살짝 흔적도 없이 어디로 갔느냐
요놈의 청춘아 잠 못 이루고
동서남북 불러 봐도
대답 없는 무정한 청춘아
내 평생 함께 살량 믿고 또 믿었노라
청춘 예쁜 이름이 아까워라
이 세상 사람들 청춘을 믿지 마오
청춘 이름값 못합디다
믿지를 마오
믿지를 마오
흘러간 세월을 원망할까
날 떠난 청춘을 원망할까

내 청춘 찾으려고 동서남북 헤매며
만나는 이마다 청춘 간 곳 봤냐고
내 혀가 다 달토록 물어 봤지만
청춘 이름 많이 들었어도
청춘 간 곳 못 봤다 하네
내 청춘 찾고자 유명한 미용실도 셀 수 없이
찾아 봤지만 내 청춘 없더군

야속한 내 청춘
예쁜 이름값 못하는 얄미운 청춘
믿지를 말 것을
믿지를 말 것을
흘러가는 세월을 원망할까
날 떠나 버린 청춘을 원망할까

아지랑이

물결 위에 아지랑이 반짝 반짝 눈부시네
아지랑이 아롱아롱 아름다워라
아지랑이 오색실로 수놓아 볼까
종달새도 함께 놀자며
종달종달 아양을 떠네
이른 새벽 종달새 소리 단잠을 깨우네

아지랑이 반짝 반짝 눈부시네
아지랑이 아롱아롱 아름다워라
아지랑이 반짝 실로 수 놓아 볼까
출렁이는 물결 위에 아지랑이 흥에 겨웠네
종달새도 함께 놀자며
종달종달 아양을 떠네
새벽 종달새 소리 오는 봄을 재촉하네

제비

꽃 피는 봄이 오면 강남 갔던 제비
삼월 삼짇날 아침 일찍 처마 끝에 앉아
지지배배 지지배배
안녕히 계셨냐며 반가운 소리
왔구나 왔구나 착한 제비
잊지 않고 고향 땅 찾아왔구나

심성 고운 제비들
농작물 피해 주지 않는 착한 제비들
사람에게 피해 주는 곤충만 잡아먹는 예쁜 제비들
모기, 벌레, 파리, 하루살이
곤충들만 열심히 사냥해서 한 입 물고 와
빨래 줄에 사뿐 앉아 꿀꺽 먹고
빨래 줄 그네 재미나게 타며 지지배배

먹구름 끼는 날엔 태풍 몰아올까 봐
먹이 사냥 멈추고 일가친척 모두
빨래 줄에 모여 지지배배
먹구름 가고 햇빛 반짝 뜨면
높은 비행 자랑하며 먹이 하나씩 물고와
빨래 줄 그네 신나게 타며 지지배배

사랑스런 며느리

이 년전 그날 눈보라 몰아치고
길은 꽁꽁 얼어 걸어 다닐 수 없는 추운 날
생각하면 가슴 아프다 못해 쓰리 쓰리 하는구나
오른팔 수술하고 입원 더 하고 있어야 하건만
교통사고로 허리뼈가 주저앉고 아무것도
못 먹는 이 시어미 때문에 서둘러 퇴원한 것도 마음 쓰린디
그 빙판길 걸어서 말로만 듣던 도축장 찾아간 것
생각하면 온몸이 아파온다
질 좋은 고기 사서 시어미 먹일 욕심에
도축장 있는 곳 그 먼 길을
눈보라 때문에 앞도 뒤도 분간할 수 없는 길을 찾아가서
오른 손목은 걸어매고 왼손은 고기 들고
눈 때문에 도로 막혀 버스도 택시도 없는 길을
해 저물도록 걸어와서
흰 눈 모자 벗어 던지고 며느리 싱글벙글 웃으며
오자마자 왼손으로 젓가락 들어
육회를 먹여준다
고마운 마음보다 가슴이 아린다

아이 업고 찾아다니다

이십오 년 전 일이다 무척 덥던 칠월 십구일인지 아닌지
아리송하다 토요일은 분명하다 외손주 둘을 보고 있는데
오전 열한 시쯤 손님이 오신다 어서 오세요 이불 좀 삽시다
네 골라 보세요 잘 놀고 있던 작은 아이가 갑자기 칭얼칭얼
한다 현아 동생 데려다 함께 놀아라 혼자 열심히 딱지놀이
하느라고 동생 볼 생각이 없다

손님 죄송합니다 애 좀 업고 이불 골라 드릴께요
네 어서 애 달래세요
고급으로 보실래요 싸막한 걸로 사시겠어요
예쁘고 멋진 걸로 주세요
네 네 그러지요
그 색깔 참 예쁩니다
손님이 가지자 또 손님 두 분이 들어오신다

어서 오세요
남자들 모시옷 좀 봅시다
다 팔고 지금 마무리가 덜 되서요
구경 좀 합시다
보세요
내일 오후 세 시쯤 올게요
네 그때쯤 충분합니다

알았어요 내일 오겠어요
저기 손님께서는 뭐가 필요하세요
왕골자리 좀 사려구요
왕골자리도 가지각색이 있지요
화문석은 진짜 좋습니다 대신 값이 좀 세요
한 번 봅시다 정말 좋소 그걸로 주세요
이십 오만 원만 주세요

손님들 보내고 방에 들어가 보니 애가 없다 현이 혼자 놀
고 있을 뿐이다 작은방 주방 화장실 다 찾아봐도 없다 옆
집 미스 조에게 가 봤지만 거기도 없다 북교 초등학교로 양
동 옛 빵집 골목으로 양동 우체국까지 찾아봐도 애는 오리
무중이다 인제 겁이 난다 다 달려와 봤지만 찾을 길이 없다
일 났다 일 났어 앞이 캄캄해진다 어떡하나 뙤약볕에 우리
손주 어디로 갔을까 눈물이 난다 아니야 울 시간이 없어 이
리저리 뛰어보고 아이 이름도 불러본다 인제 헛것까지 보인
다 멀리서 아이들 목소리가 나면 쏜살같이 가보고 누가 애
를 업고 가면 잠깐 만이요 하고 들여다본다 다시 방으로 뛰
어 들어 가본다 동생이 없어졌는데 딱지놀이만 하는 현이
손에 든 딱지 뺏어서 가게 앞에 던진다

잉잉잉 내 딱지 줘요

시방 애가 없어졌는디 딱지가 중하냐
애기 있당께
이놈아 애가 어디 있어야
애기 할머니가 업고 있당께

　깜짝 놀라 두 손으로 엉덩이를 더듬어 보니 애는 쿨쿨 자
고 있다 오메 오메 내 강아지 내려다보니 애 얼굴에 구슬
같은 땀방울이 쏭알쏭알 맺혔다 얼굴빛이 고추보다 더 빨
갛다 찬물로 적신 수건 두 장으로 교대해 가며 얼굴 닦아주
기를 얼마쯤 했을까 드디어 얼굴빛이 나온다 참말로 똑순
이 김옥례도 할 말이 없다

겨울비

비가 내리네 비가 내리네
봄비 내리듯 사뿐사뿐 내려오네
은 실타래 뿌리운 듯 고은 실비 내려오네
봄 새벽 이슬처럼 살포시 살포시 내리네
눈 설이 아직인데 봄비처럼 뿌리우네

마을 앞 실개천 둑의 개나리 울고
뒷동산에 진달래도 봄단장 서둘렀네
벌 나비 실랑 맞으려고 연분홍 미소 짓네
나비 실랑 벌님 실랑 겨울잠 꿈속이니
진달래 개나리들 봄 화장 지우고
겨울잠 자시게나

가을밤

달도 밝고 별도 총총 깊은데
어디서 들려오나 구슬픈 소리
어미 잃은 애벌레가 구슬피 우나
가는 가을 아쉬워서 저리 우느냐
저 달이 기울도록 날이 새도록
풀벌레 한 마리가 나를 울리누나

달도 밝고 별도 총총 바람은 찬데
어디서 들려오나 구슬픈 소리
임을 잃고 그리워 슬피 우느냐
눈서리 내려올까 슬피 우느냐
저 달이 기울도록 날이 밝도록
풀벌레 한 마리 나를 울리네

고스모스

길가마다 꽃춤 추는 하얀 고스모스
그 가냘픈 몸매의 용광로처럼 뜨겁던 긴긴 여름 어찌 버티고
가을바람에 향기 날리며 온종일 한들한들 미소 춤추고
오가는 길손에게 무엇을 자랑하며
사리살짝 미소 지으며 살랑살랑 꽃춤 추는 어여쁜 고스모스

그렇게 가냘픈 몸의 수많은 가지가지 불긋불긋 울긋울긋
색동옷 다 입히고 오가는 길손에게
사분사분 미소 지으며 산들 인사 잊지 않는 어여쁜 고스모스

짝사랑

모르리 모르리 그대 내 맘 모르리
두근두근 설레는 내 맘 그대 내 맘 모르리
물길로 오나오나 기다리는 내 맘 그대 모르리
말 못하고 짝사랑의 잠 못 이룬 내 맘 모르리
짝사랑의 애가 타는 내 속 맘 모르리라
두근두근 애가 마른 내 속 맘을

오늘도 어제도 기다리는 내 맘 모르리
양 떼 몰고 가다말고 버드나무 올라 앉아
그대 얼굴 보고파서 기다리는 내 맘 모르리
짝사랑을 말 못하는 내 속 모르리라
두근두근 설레는 내 속 맘 모르리라

꿈의 얼굴

다시 한 번 보고 싶다
지난밤의 꿈의 얼굴
보고 싶고 그리워서
오늘 밤도 꾸고 싶어
전등 끄고 팔베게
베고 눴지만
웬 일일까 웬 일일까
꿈도 잠도 오질 않네
잠도 꿈도 오질 않네

아쉬워라 보고파라
뉘라서 내 맘 알까
꿈도 잠도 오질 않네
사진 들고 보고 보고
또 보아도 한마디
말이 없네
한마디 대답 없네

엄마 얼굴 다 잊었나
엄마 음성 모르겠나
자식이라 나왔으면
부모 먼저 가지 말제

보고 싶다 보고 싶어
공부공부 엄마 엄매
몸 나으면 대학 졸업
꼭 할 텡께 그리 알어
그 소리가 귀에 쨍쨍
꿈에라도 오려므나
이 어미의 한이란다

개구리

우물 안에 갇혀 버린
개구리 한 마리
이리 첨벙 저리 첨벙
고향 잃고 겁먹은 눈
툭툭 튀어나온 눈이
두 배 세 배로 더 나왔다
껌벅껌벅 하늘 보며 한숨 쉬고
이리 풍덩 저리 풍덩
구름보고 손짓한다
풍덩 소리 나자마자
눈에 눈물 가득 찼다

동서남북 둘러봐도
올라갈 수 없나
난생처음 기도하네
하늘 보며 기도하네
동네 꼬마 모여서
퐁당퐁당 돌 던지고
무서워라 외로워라
엄마 아빠 나 데려 가
껌벅껌벅하고 뛴다

어떤 꼬마 던졌는지
판조각을 던졌더니
나룻밴양 폴딱 뛰어 앉아
끔벅끔벅 나룻배야
나룻배야 내 몸 쪼께 실어주소
제발 제발 부탁하오

채송화

채송화 씨 늙은 내 눈에는 보이지 않는다
흙을 곱게 손질해서 심었다
매일 아침마다 들여다봐도 싹이 나지 않는다
물을 솔솔 뿌려줬다
삼사일 뒤 가봤다

무엇인가 나기는 났다
너무 생기다 말았는지 빤짝빤짝 하는 것 같기도 하다
오후 또 가봤다
이 애들 날 보고 살작살작 윙크한다
그래 그래 돌아났어요
잘 크자

살짝 웃어준다
잘 자라서 예쁘게 피워보자
어쩌나 오진지 오전 점심 저녁 할 것 없이 보러 간다
이웃사촌들 그만 보시오
꽃이 크고 잦아도 닳아져서 못 크겠어
냅둬 남이사 하고
아랑곳없이 물도 주고 풀도 뽑아 주고
아무튼 간난아이 하나 키우듯 온각 정성 다했다

이상 꽃이 머금기 시작
밤에 잠자도 화분째 들고와서 봐줬다
잎새들이 통통해지면서
한 송이 두 송이 웃기 시작하더니
화분을 꽉 채운다

자잘한 화분 찾아서 숡아 이동했다
화분 하나 다섯 개씩 제금을 내주고
물 솔솔 주고 느네들 목마르면
할매 불러 당부하고 갔다

아침 일찍 나가 봤다
아 애들아 뭣 했다고 눈 감고 그저 자는 거냐
꿈꾸는 거야
애들 좀 봐
이놈이나 저놈이나 다들 자고 있어요

힘이 쪽 빠진다
초저녁에 쌍긋쌍긋 웃었는데
웬 일로 입 다문 채 있을까
그래도 궁금하다
다시 한 번만 가보자

이 애들이 어서 오세요
방실방실 물 좀 주세요 한다
그럼 주고 말고
자 시원한 냉수 솔솔 뿌려 먹여 줬다
오후 2시쯤 가봤다
인제 너도 나도 시샘내며
방실방실 한들한들 웃고들 있다

저역 먹고 좀 앉았다가 가봤다
누구누구 헐 수 없이 모두 다 입 다문 채 언제 봤을까 한다
아하 채송화도 온종일 웃고만 있드니
피로가 왔는지
초저녁 잠에 취했네

아침 일찍 가봤다
다들 그저 아이 쪼맨한 것들이
늦잠꾸러기들이다
인나 봐
웃고 있으면 냉수 한 잔씩 줄 것이고
그때까지 자고 있으면 콧물도 없어요 하고 들어왔다

12시 되자 가봤다

양귀는 저리 가게
아주 예쁘게 흰색 노랑 보라 기맹연보다 참 꽃색 가지가지
다 피고 있다
지나가는 사람마다 들어보고
이 꽃들 주인 닮아서 크도 작도 않고
앙증맞고 예쁘다며 가는 길 잊고 섰다

재봉틀

내 친구 재봉틀
낮에도 달달
밤에도 달달
쉴 새 없이 달달
너는 나의 침구
너는 나의 힘이었고
너는 나의 생명줄

내 나이 사십에 내 친구가 됐어
그러니 내 나이 팔십이 넘고
구자로 자리 잡고 있어
너와 나 만난 세월이
사십일 년이 다 되었어
넌 영원한 내 벗이여
나의 동반자여
너 혼자 두기 싫지만 말이다
내 벗
내 생명 같은 재봉틀
헤어질 시간이 오고 있어

넌 날 아이 내 가족들을 먹이고 입히게 해 준
나의 힘이 되어주든

나의 동반자 나의 친구
너 때문에 내 사랑하는 아들딸들
7남매 뒷바라지 문제없이
근심 걱정 없이 키우고
교육까지 뒷받침이 되었어
너는 벗이고
내 힘이고
내 쌀뒤주고
나의 돈지갑이었지

인제 우리 헤어질 시간이 되었어
이별할 때가 다가오고 있어
눈물 나서 어떻게 헤어질까 생각해 보았어
사십 넘게 하루도 헤어져본 적 없었던 시간이
끝이 왔어 끝이

사공없는 나룻배

나룻배 흰 돛대의 갈매기 한 쌍
지친 날개 잘 쉬었다며
끼루끼루
아 네 깃털 쓸어주며 끼루끼루
예뻐졌다
끼루끼루
사공님은 올 줄 갈 줄 모르고
무엇 하실까
살포시 날개 털면서 서해바다 갈까요
동해바다 갈까요
머리를 갸웃갸웃 속 날개 쫙 펴고
서해인지
남핸지 긴 여행 날아간다
사공님은 낮잠에 취하셨나보다

아쉬워라 꿈이여

지난밤에 꿈의 얼굴
너무 보고파
오늘 밤도 꿈속으로 가고픈
맘의 전등 끄고 팔베개 눈을
감노라 기다리고 기다려도
웬 일일까 웬 일일까 웬 일일까나

잠도 꿈도 오지를 않고
샛별들만 반짝반짝
동을 밝히네

보고파 꿈의 얼굴
하도 보고파
애가 닳은 이내 마음 그 뉘가 알까
아쉬워라 서러워라 야속한 꿈아

목포 공공 도서관

난생 처음 물어 물어서 공공 도서관에 도착했지요

안내하는 선생님이 할머니 왜 오셨어요 하고 물었어요

네, 공부 좀 하려고요 대답했더니 한글 배우시려구요 했
어요

아니요 저, 시 쓰는 방법 배우려고 왔어요

그럼, 4층으로 모셔다 드릴게요

그래서 따라갔지요. 그런데 깜짝 놀랐어요. 전부 아주
애송이 방실방실한 새댁들이고 팔순의 노파 저 혼자란 말
씀이지요.

살다가 처음 주눅이 들었지요 잠깐 생각하다 에라 모르
겠다 용기를 내자

나는 시인이 꼭 되고 푼께 시인의 꿈을 꼭 이루고 말 텐께!

몸속의 가락, 야생의 詩

이대흠(시인, 소설가)

　　김옥례 시인을 만난 것은 몇 년 전이었다. 시창작 강의를
하러 갔더니, 젊은 사람들 틈에 80이 다 된 분이 시를 배우
겠다고 와 있었다. 약간 놀라웠다. 첫 강의가 끝났을 때, 그
녀는 슬그머니 원고 뭉치를 내밀었다. 습작품이었다. 10편
이 넘었다. 나는 천천히 읽어보았다. 흔히 현대시가 갖추고
있어야 할 기교나 비유 같은 건 거의 없었다. 그저 속엣 것
을 토해내듯이 쓴 원고가 대부분이었던 것이다. 그러나 대
개 3음보나 4음보의 가락에 기대어 풀어낸 시에는 진솔함
이 있었다. 나는 김옥례 시인의 작품에 손을 댈 수가 없었
다. 그것은 자기만의 솜씨로 애써 빚은 항아리 같은 것이었
고, 그것대로 투박하고 고졸한 맛이 났다.

　　그 후 그녀는 마치 누에가 제 몸에서 실을 뽑아내듯이 계
속해서 작품을 써왔다. 밀린 숙제를 몰아서 하는 아이처럼,
그녀는 지치지 않았고, 과잉된 정서를 쏟아내었다. 아니 스
스로 쏟아낸 것이 아니라, 뭉쳐 있던 시심이 자연스럽게 흘
러 넘쳤다고 해야 할 것이다. 그녀의 새로운 작품을 대할
때마다 나는 감탄하였고, 그녀의 작품이 주는 생동감은 기

술적으로 탁월한 시인의 기교로는 갖출 수 없는 야생의 느낌이 있었다. 나는 어설픈 작법으로 그녀의 시가 치장되지 않기를 바랐기에, 단순한 몇 가지만을 익히게 하였다. 예를 들면 직유를 하는 방법 같은 것만 귀띔해 주었다. 그녀의 열정은 20대의 문청을 능가하는 것이었으며, 학습 능력 또한 젊은 사람들에 뒤처지지 않았다.

그리고 불과 6개월 만에 그녀는 수십 편의 시를 썼다. 그것은 마치 시의 곳간에 쟁여 놓은 시를 퍼내는 것 같았다. 그러는 동안 나는 그녀가 살아온 내력을 조금씩 알게 되었다. '어린 시절부터 시인이 되고 싶었는데, 겨우 글자나 알 정도밖에 교육을 받지 않았다. 나름대로 생활을 꾸리고 살았으나, 최근 들어 집안 형편이 갑자기 나빠졌다.' 등의 내용이었다. 덤으로, 그녀가 시 공부를 위해 6Km쯤 되는 거리를 걸어서 오간다는 사실도 알게 되었다.

평생 동안 시인을 꿈꾸었으니, 그녀의 몸 어느 한 구석, 그녀의 핏줄 어느 한 가닥이 시가 아닐 수 있었겠는가. 그녀는 이미 온몸으로 시인이었고, 그녀의 일생 자체가 시였다. 따라서 그녀의 몸이나 그녀의 정서를 조금만 건드려도 시가 피어났다. 그렇게 모아진 작품이 80편 정도가 되었다. 나를 만났을 당시에 79세였던 그녀의 나이가 어느새 82세가 되었다. 그동안 그녀는 아플 때가 많았고, 박스를 줍고, 고장 난 몸을 이끌고 생을 바느질하였다. 그 와중에 그녀는 많은 것을 놓았고, 놓아야 했고, 생의 굴곡 앞에 망연자실할 때도 있었다. 그런 그녀를 치유한 것은 시였다. 그녀는 스스로 "시가 아니었다면 이미 죽었을 거예요."라고 말했다. 오직 시인이 되겠다는 꿈이 그녀를 살게 한 것이다.

나는 몇몇 사람들과 함께 그녀의 시집을 내어줄 궁리를 하였다. 십시일반으로 시집 발간 비용을 마련하여 시집을 출간하자는 게 많은 사람들의 의견이었다. 가장 먼저 나선 이들은 그녀의 작품을 읽어본 이들이었다. 그들이 팔을 걷어붙이고 나서자 일은 쉽게 진행되었다. 출간에 필요한 비용은 사흘 만에 다 모아졌고, 남은 것은 그녀의 작품을 정리하는 일이었다. 그녀와 함께 공부하였던 이효심 씨가 손글씨로 쓴 그녀의 원고를 타이핑 해 주었으며, 김영숙 씨는 여러 가지 잡일을 맡아서 도와주었다. 교정은 내가 맡기로 하였다.

먼저 직·간접적으로 도움을 주신 분들의 이름은 적어 두어야 할 것 같다. 이분들이 손을 내밀지 않았다면, 김옥례 시인의 원고는 월셋방 구석에서 쓰레기로 버려졌어야 할지도 모른다.

박성우(시인), 문형태(화가), 양채승(목포바다문학회장), 이성구(시인), 이혜리, 이맹준, 성은정, 이만교, 이광흠(유원이엔에프대표), 김영숙, 백향란, 곽윤경, 황풍년(전라도닷컴 대표), 이인흠, 김해등(동화작가), 김선태(시인. 목포대교수), 서정복(목포대평생교육원), 최정남, 김선희(사업가), 염창권(시인. 광주여대교수), 이병렬(사업가), 백홍렬(동서유리), 김선두(화가), 이한은(학생), 이찬비(학생) 등이 책을 묶는 삯을 지불하였다. 이 분들의 작은 손길이 의미 있는 한 권의 시집을 엮게 한 것이다. 저자를 대신하여 감사의 인사를 올린다.

이 시집의 원고를 살피면서 중심에 두었던 원칙은, 그녀의 작품을 되도록 고치지 않는다는 것이었다. 서투른 곳도 많았고, 상투적인 구절도 있었지만, 나는 그런 데에 손을 대지 않았다. 그야말로 야생의 시를 독자들에게 그대로 보이자는 게 나의 의도였다. 김옥례 시인의 작품이 역사적으로 빼어난 시 작품을 충분히 공부한 후 생산된 것이 아니라는 것은 분명하고, 그녀가 새삼스럽게 선배 시인들의 장점을 적절히 습득한 후 자신의 작품을 쓸 가능성도 거의 없다고 보았기에, 그녀가 거칠게 꺼내 놓은 시를 그대로 보는 맛이라도 살리자는 의도였다. 예를 들면 '고스모스'는 분명 '코스모스'일 것 같았지만, 그것마저도 손을 대지 않았고, 축약어 같은 것도 그녀의 말법 그대로가 살아있는 것이라 여겨 그대로 두었다. 다만 띄어쓰기나 어근을 밝혀 적는 표준말의 표기 방법은 적용하였다. 또한 시집 속 시의 배열은 그녀가 써온 순서를 지키려 하였다.

이런저런 과정을 거쳐 김옥례 시인의 시집을 세상에 내어 놓는다. 김옥례 시인의 작품은 우리 근대시가 다다른 한 정점은 아니지만, 충분히 공감할 만한 것이고, 시가 난무하는 시대에, 시를 공부하지 않아서 역설적으로 빛나는 시정신이 살아있다. 또 시작법에 충실한 시보다 더 감동적인 요소도 있다. 솔직성 때문이다. 시가 노래이고, 시가 시인의 정서를 올곧게 드러내는 한 형식이라는 점을 도외시할 수 없다면, 김옥례 시인의 작품은 충분히 한 가능성을 담고 있고, 음미할만한 요소가 있다는 점을 부정할 수 없을 것이다. 때론 이렇게 질박한 서정이 우리 시의 한 쪽을 지탱해야 한다는 생각을 해본다.

정식 등단 절차를 밟지도 않았고, 현대시에 대해 깊이 있는 공부가 되어 있지는 않지만, 그의 시는 묵혀두고 볼만한 가치가 있다는 게 내 생각이다. 또한 이 일을 추진하는 과

정에서 함께한 분들도 내 생각과 거의 같으리라고 본다. 한 맺힌 한 생을 살았고, 고생도 많이 하였고, 지금도 어렵게 생활을 꾸려가고 있지만, 시심(詩心)만은 맑은 샘과 같아서 그이에게 힘이 되고 용기를 준 것으로 안다.

선생이 써준 시로 등단을 하고, 선생이 고쳐준 시를 발표하는 이가 한둘이 아니라고 밝혀진 마당에 이런 원시의 서정, 야생의 작법이 오히려 건강하지 않겠는가. 그가 이런 시심을 열어준 것이 고맙다. 또한 그 시심으로 시의 본디자리가 감동에 있다는 것을 새삼 일깨워 준 점도 그의 시가 읽을 만한 가치가 있다는 점을 증명한 것이라 본다. 부디 더 맑고 깊이 있는 시심으로 세상을 환하게 했으면 좋겠다.

김옥례 시인이 갯벌에 쓴 시, 모래밭에 쓴 시가 모여 이렇게 한 권의 책이 되었다. 우리네 어머니들 중에는 김옥례 시인처럼 많이 배우지는 못했지만, 시심을 일궈온 분들이 더러 있을 것이다. 그분들이 팍팍한 가슴팍에 쓴 시가 어디 한두 편이랴. 이후로도 그런 분들의 시가 세상에 더 나왔으면 좋겠다. 시는 어떤 형식이나 기교보다 앞서 절실한 어떤 말이고, 정서 전달을 통해 감동을 주는 어떤 것이다. 여기 개펄에 쓴 시가 있다. 평생을 일만 하며 살아온 한 어머니의 생이 있다. 가식 없는 시의 힘을 한 번 보시라.

나의 바다

발행일_ 초판 2016년 12월 25일

저자_ 김옥례
책임편집_ 서수빈
경영지원_ 안진희
펴낸이_ 박진성
펴낸곳_ 북에디션

디자인_ 푸른영토
종이_ 상산페이퍼
인쇄_ 천일문화사
제책_ 바다제책사

주소_ 경기도 고양시 일산동구 정발산로 24 웨스턴돔 T4- 414호
전화_ 031-902-0640
팩스_ 031-902-0641
e-mail_ seosubi@hanmail.net

ISBN 979-11-85025-33-9   03810

ⓒ 김옥례